Si tu insistes...

Niyama

Chapitre 1
EXCUSEZ-MOI !
CLACLAC
B5
A4
CLACLAC
JE FAIS PASSER LE CHARIOT... !
ザワ BLA
ザワ BLA
VOICI LES PHOTOCOPIES DEMANDÉES... !
.....
EUH, DITES...
OH ?
AH, POSEZ-LES LÀ.
D'ACCORD, MERCI !

POF
ET VOILÀ.
POC
CLING
OH !
AH !
WAAH !
BING
PAC
QU'EST-CE QUI SE PASSE ?!
BOUM
.....
FLOUP
EUH... ÇA VA ?

*NDT : Signifie littéralement « Rivière de l'ombre ».

*NDT : synonyme plus ancien du terme ninja.

CLACLAC
WAOUH, C'EST QUOI, CE RASSEMBLEMENT DE NANAS... ?
PARDON, JE PASSE !
HÉ !
BOM
PLISH
EH, MAIS !? POURQUOI JE SUIS MOUILLÉE ?! ERK !
C'EST L'EAU DU VASE QUE J'AI RENVERSÉ.
DIRE QUE JE VENAIS D'ACHETER CE PULL !!
C'EST JUSTE DE L'EAU, JE L'AI PAS FAIT EX....

*NDT : Signifie littéralement « Devanture, façade d'une boutique » et « lumière ».

Surnommé « le prince ».
BRILLE
キラ
BRILLE
キラ
SOURIRE CHARMANT
にこ
ALLEZ, MESDEMOISELLES. LA PAUSE EST FINIE.
ON RETOURNE AU TRAVAIL.
はーい
D'ACCOOOOOORD !
On dirait que cet homme...
BYE BYE
ひら ひら
est né dans le seul but de plaire aux femmes.
TOURNE
くるっ
Mais...

TOUJOURS AUSSI PATHÉTIQUE, HEIN…
Selon ses interlocuteurs, il affiche des facettes bien différentes.
AHA ! ♥
TU NE PEUX VRAIMENT RIEN FAIRE, POUR CES CHEVEUX QUI TE TOMBENT SUR LES YEUX ?
VOÛTÉ
FLOP
にや
HÉHÉ…
TU TE TIENS N'IMPORTE COMMENT…
TES VÊTEMENTS SONT USÉS
ÇA NE FAIT VRAIMENT PAS PROPRE.
EST-CE QUE TU VOIS SEULEMENT DEVANT TOI ?
ET CE VISAGE ET CETTE ATTITUDE NONCHALANTE…
HIHI

TU N'AS VRAIMENT RIEN POUR TOI !!
もっさり
AUCUN STYLE
AHA, OUI, EN EFFET...
C'EST POUR ÇA QUE TU N'AS PAS D'AMIS, ICI...
AHA, COMME VOUS DITES...
ガチャ
CLACLAC
CLACLAC
BON, JE DOIS RETOURNER TRAVAILLER...
CLACLAC
HÉ ! ÉCOUTE LES CONSEILS DES GENS JUSQU'AU BOUT, ENFIN !
CLACLAC
ガラ
CLACLAC
ÉVITER LES CONFLITS ET RESTER CALME...
ガラ
Ouais...

TAP
Les gens peuvent avoir des visages très variés.
BAR Caprice
TAP
TAP
CLAC
CLAC
BONSOIR !
OH !
AH !

Et je ne
fais pas
exception.
WAAH...

NIN NIN !!
BOING
ぴょん
SALUT, LES JUMEAUX. C'EST LAPIN, AUJOUR-D'HUI ?!
BOING
ぴょん
BONSOIR, NIN NIN !!
TU PRENDS QUOI ?
UNE BIÈRE ?
OUAIS.
PRESSION.
ET VOS DEUX CHARMANTS PETITS CULS.
FUHAHAHAHA
NIN NIN ! ESPÈCE D'OBSÉDÉ !!
PLAC
AÏEUH.
PLAC
OBSÉDÉ !!

Tout le monde a un visage public et une face cachée.
CRR
UNE PRESSION !!
UNE PRESSION !!
Même cet exécrable Omoteya...
FUFUMPH
Les filles le voient comme un prince, mais nous, les mecs, on le perçoit juste comme un poseur narcissique désagréable.
UN JOUR, JE VAIS LE FAIRE PLEURER, CE PETIT PRÉTENTIEUX !!
Les relations sociales au travail sont compliquées, surtout quand on cherche, comme moi, à éviter les sollicitations des femmes.
J'ai un peu trop de succès...
FRSH
HUM ? MON BRIQUET...
SHCLIC
FFF

C'est un camouflage qui me permet...
PSSH
De protéger ma vie privée et mes préférences.
MERCI.
OOOH. LUI, C'EST MON TYPE.
PFFF
VOUS ÊTES SEUL ? JE PEUX ?
AVEC PLAISIR.

Le soir, c'est mon petit paradis intime.
Le moment où je peux me lâcher et m'accorder tous les plaisirs.
Trouvez-vous une chambre, bordel !!
OK, OK...
URAKAWAAAA...
URAKAWA !!
MAIS OÙ EST-CE QU'IL EST PASSÉ, ENCORE ?!
VOUS M'AVEZ APPELÉ ?
WAAAH !! ARRÊTE D'AP-PARAÎTRE DE NULLE PART ET RÉPOND DIRECTEMENT QUAND ON T'APPELLE !!
TU M'AS FAIT PEUR !!
ドキ
ドキ
BOBOM
HÉHÉHÉ... EXCUSEZ-MOI.

TSS… BON, TU VOIS, CETTE LISTE DE STOCKS…
C'EST TOI QUI L'AS COMPLÉTÉE, HEIN ? TU ES SÛR QUE TU NE T'ES PAS TROMPÉ QUELQUE PART ?
DEPUIS QUAND IL ÉTAIT DERRIÈRE MOI ?
HUM ? AH BON ?
OÙ ÇA ?
OH, MAIS C'EST VRAI !
JE SUIS DÉSOLÉ !
HÉ HÉ
TU FAIS TROP D'ERREURS.
CESSE DE RICANER BÊTEMENT ET CONCENTRE-TOI UN P…
POUF
C'EST UN NINJA, OU QUOI ?!
IL A DISPARU !!
IL S'APPELLE SHINOBU, EN PLUS…
Shinobu, shinobi… le caractère est le même…

PFF...
PSSSS
C'EST PAS FACILE, DE JOUER LES CRÉTINS...
MAIS C'EST TOUJOURS MIEUX QUE DE CROULER SOUS LE BOULOT.
PSSSS
SHHHHH
AH, MINCE, Y AVAIT QUELQU'UN ?
CLAC
ERGH
Omoteya !
J'espère qu'il a rien entendu...
....
FRSH
FRSH
Aaah... Ça va mieux...

SHHH
ALORS VOUS AUSSI, VOUS FAITES CACA, M. OMOTEYA...
DIRECT
TOUT ROUGE
N'IM-PORTE QUOI !!
BOH,
VOUS AVEZ PAS À ÊTRE SI GÊNÉ. ON EST TOUS HUMAINS, APRÈS TOUT.
C'EST NORMAL QUE MÊME DES HOMMES AUSSI PARFAITS QUE VOUS FASSENT CACA, M. OMOTEYA.
JE T'AI DIT QUE CE N'ÉTAIT PAS LE CAS !! CESSE D'ÊTRE AUSSI IMPOLI !!
JE NE SUIS PAS DU GENRE À FAIRE ÇA DANS UN ESPACE PUBLIC !!
POF
CONTRAI-REMENT À UN HOMME COMME TOI, DÉPOUR-VU DE LA MOINDRE CONSIDÉ-RATION !!
EUUH ...
JE PROTÈGE MON INTIMITÉ DES TYPES...

QUI COMMETTENT CE GENRE DE BASSESSE !
GRAH
EUH...
OK...
HMPH.
STAP
.....
STAP
CLAC
SON INTIMITÉ... ?
IL EST COMPLEXÉ PAR SA BITE, OU QUOI ?
JE TE JURE... C'EST TELLEMENT DÉSA-GRÉABLE...
PLAF
BAH, TU FAIS LA TÊTE ?
ÇA VA NUIRE À TA RÉPU-TATION !
TÔYA...

TÔYA, ÉCOUTE ÇA !!
GNII
Qu'est-ce qui se passe ?
De quoi ?
ARGH
KEUF
NON. RIEN. CE N'EST PAS IMPORTANT.
JE N'AI PAS ENVIE DE PENSER À QUELQUE CHOSE D'AUSSI INDÉCENT.
OK...
AH, HIKARU. LE RESTO DE CE SOIR EST ANNULÉ.
PING
LES FILLES POURRONT PAS VENIR. TROP DE TRAVAIL.
ON FAIT QUOI ?
OH, D'ACCORD. TANT PIS !
ON VERRA ÇA UNE AUTRE FOIS.

ザワ BLA
ザワ BLA
N'EMPÊCHE, JE COMPRENDS PAS POURQUOI TU REFUSES OBSTINÉMENT DE SORTIR AVEC UNE COLLÈGUE... VU LE SUCCÈS QUE T'AS ICI...
EH BIEN, IMAGINE QU'ON SE SÉPARE...
ÇA M'EMBÊTE-RAIT QU'ELLE EXPOSE MES SECRETS OU MA VIE PRIVÉE POUR SE VENGER...
はぁ HAA
JE VEUX TRAITER TOUT LE MONDE DE FAÇON ÉGALE.
ET PUIS, ÇA ME DÉCHIRE LE CŒUR QU'ON SE BATTE POUR MOI !
ÇA NE T'INTÉ-RESSE PAS, EN RÉALITÉ, HEIN...
OK, je vois !
HM ?
C'EST QUOI, CE MAGAZINE ?
OH, ÇA ?
Lib
Spécial hommes qui tombent amoureux d'autres hommes
Comment faire craquer votre crush masculin !

CE MATIN, QUELQU'UN M'A DONNÉ ÇA À LA SORTIE DU MÉTRO.
HUUM...
FLP
ÇA PARLE DE RELATIONS ENTRE HOMMES, ON DIRAIT...
Spécial hommes qui tombent amoureux d'autres hommes
Comment faire craq
votre crush mascul
JE SUPPOSE QU'IL Y A DES HOMMES QUI PEUVENT PLAIRE À D'AUTRES HOMMES, MÊME HÉTÉROS.
AH OUI ? PAR EXEMPLE ?
DES ACTEURS ? NAGASE XXYA, PEUT-ÊTRE ?
OH, C'EST VRAI. TU ES DÉJÀ ALLÉ DANS UN BAR GAY, JE CROIS ?
C'ÉTAIT UNE ERREUR ! JE SAVAIS PAS QUE C'ÉTAIT UN BAR GAY...
C'ÉTAIT BEAUCOUP PLUS CONFORTABLE QU'ON LE CROIRAIT !
DES HOMMES QUI PEUVENT PLAIRE À D'AUTRES HOMMES...

Attirer tous les genres sans exception...
Ça, ce serait la preuve que mon charme n'a pas de limites.
HMPH...
JE SUIS SÛR QUE ÇA POURRAIT T'ARRIVER, HIKARU.
MAIS SEULEMENT POUR TON APPARENCE !
TÔYA.
HM ?

TU VIENS BOIRE UN VERRE AVEC MOI, CE SOIR ?
FUFUFU...
J'aime pas cette tête...
BON, J'AURAIS BOSSÉ CE QU'IL FALLAIT, AUJOURD'HUI.
C'EST LE WEEK-END, DONC JE PEUX ENFIN ME LÂCHER...
Et oublier tous les soucis du boulot...
CLIC
J'entre dans mon...

CLAC
カラン…
Parad...
is...?

BAH ?
?
Y A PAS QUELQU'UN QUI VIENT D'ENTRER ?
Qu...
Mais pourquoi ?!!!
PLIC
Qu'est-ce qu'il fout là, lui ?!
PLIC
J'ai rêvé, c'est pas possible ?! Hein ?!
BADOM
!?
!?
BADOM
Et il avait l'air parfaitement à l'aise !!
CRIIIIIIIIII
NIN NIN...
GLOUPS

BAH ALORS !! NIN NIIIIN !!
POUSSE
POURQUOI TU RENTRES PAS ?!
POUSSE
JE... J'AI SOUDAIN UN PEU MAL AU VENTRE...
OH, NON !! T'ES MALADE ?!
OH LÀ LÀÀÀ
.....
HIHIHI
OU ALORS T'ES ENCEINT ?!
VITE, IL FAUT L'AIDER À S'ASSEOIR !!
FOUTEZ-MOI LA PAIX, BANDE D'IMBÉCILES !!
WAAH
EH BEN ! C'EST QUOI, CE CIRQUE ?
DÉSOLÉ POUR LE BRUIT...

URGENCE ! URGENCE !!
Nonnn, laissez-moi... !
NIN NIN A PERDU LES EAUX !!
グイ TIRE
グイ POUSSE
MAIS QU'EST-CE QUE VOUS FABRIQUEZ ?
Oh, merde, il regarde par ici !
FIIIXE
ジー
JE... LE BÉBÉ VA SORTIR...
Il m'a grillé ? Non, c'est pas possible...
Je ressemble pas du tout à ma version jour...
Plus important... Qu'est-ce qu'il fait ici ?!
Est-ce qu'il serait gay, lui aussi... ?!
.....
OH, T'AS VRAIMENT MAUVAISE MINE...
Le bébé est né !
BUH !
NON, IL A TOUJOURS EU L'AIR DE S'INTÉRESSER EXCLUSIVEMENT AUX FEMMES...

Alors... qu'est-ce que tu veux, Omoteya ?!
DITES, PATRON...
HM ?
VOUS POUVEZ ME DIRE QUI C'EST ?
VOUS PARLEZ DE NIN NIN ?
Ça va aller...
Tiens, bébé !
Du lait pour toi !
NIN NIN ?
OUI. IL S'APPELLE SHINOBU, MAIS À CAUSE DE SON NOM ET DE SES TECHNIQUES NINJA, ON L'APPELLE NIN NIN.
C'EST UN CLIENT RÉGULIER.
C'EST LA PREMIÈRE FOIS QUE VOUS VENEZ, M. OMOTEYA, DONC VOUS NE L'AVEZ ENCORE JAMAIS VU.
EN EFFET.

MAIS VOUS ALLEZ VITE COMPRENDRE POURQUOI C'EST LE PLUS POPULAIRE, ICI.
IL Y A PAS MAL DE GENS QUI NOUS FRÉQUENTENT JUSTE POUR LE VOIR.
DE QUOI ILS PARLENT ?
Hé, rends-moi ça !
LE PATRON EST PAS DU GENRE À TROP EN RÉVÉLER SUR LES GENS, MAIS...
C'est le plus populaire... ? Je dois reconnaître...
JE VOIS...
qu'il n'y a rien à redire à son physique...
Je me demande si je serais capable...
de séduire cet homme...

VOUS AVEZ DÉJÀ DES FANS, M. OMOTEYA. SI VOUS REVENEZ, ÇA SERA BON POUR LE BUSINESS !
OH !
COMBIEN D'HOMMES VOUS ONT DRAGUÉ, DEPUIS QUE VOUS ÊTES ARRIVÉ ?
JE... JE NE SAIS PLUS...
ÇA FAIT DÉJÀ CINQ.
ET ENCORE, CERTAINS N'OSENT PAS PARCE QUE JE SUIS AVEC TOI.
COMMENT ÇA SE FAIT QUE TU AS COMPTÉ, TOI ?
AAAH ! C'EST AGRÉABLE D'AVOIR DES CLIENTS AUXQUELS LES AUTRES NE PEUVENT PAS RÉSISTER !
ARRÊTEZ DE LE FLATTER, PATRON...
Il va prendre la grosse tête...
C'est vrai...

PATRON...
Personne ne saurait résister...
à un homme comme moi.
L'ADDITION.
TU RENTRES DÉJÀ ? TU TE SENS VRAIMENT MAL, ALORS...
Je vais ...
REPOSE-TOI BIEN.
faire en sorte...
OUAIS, À PLUS.

de séduire cet homme.
PUTAIIIIN ! NOS REGARDS SE SONT CROISÉS...
GRAH
GRAH
PFF... UNE SUPER SOIRÉE DE GÂCHÉE... QUELLE MERDE...

Si tu insistes...

Si tu insistes...

Chapitre 2
DING
チン
BOUHOUHOUUUUUUU
AAH !
MAIS !
VRRRRR
Mon paradis quotidien a été souillé...
GRMBL
GRMBL
GRMBL
Il m'a fait peur...
CLACLAC
FU FU FU
Et il fallait que ce soit lui, quoi... !
LUI

Pfff, c'est fatigant...
IL M'A REGARDÉ EN DÉTAIL, MAIS...
JE CROIS PAS QU'IL AIT COMPRIS QUI J'ÉTAIS.
CLACLAC
ガラガラ
ENFIN, C'EST PAS COMME S'IL ALLAIT PASSER AU BAR TOUS LES SOIRS, HEIN ! TOUT VA BIEN !
HA HA HA !
CLACLAC
ガラ
CLACLAC
ガラガラ
Ouais...
BAR Caprice
C'est ce que je croyais.
IL EST ENCORE LÀ !
BONSOIR !
BONSOIR !
MAIS POURQUOI ?!

Le lende-main.
!?
?
Le surlen-demain.
COUP D'ŒIL
......
Le jour encore après...
......
C'est pas possible ?! Pourquoi ?! Pourquoi il est là à chaque fois que je viens ?!
Comment ça se fait ?! Ça n'a aucun sens !
LES JUMEAUX, VOUS BUVEZ UN COUP AVEC MOI ?
BRR
BRR
EH, NIN NIN, ON EST CHERS À LOUER, TU SAIS...
BON, IL A PAS COMPRIS QUI J'ÉTAIS. JE PEUX BIEN BOIRE ET ME DÉTENDRE SI JE VEUX...

……
……
Mais qui es-tu,
Omoteya Hikaru ?!

FFF
DIS, HIKARU, TU TE SOUVIENS DE LA SOIRÉE QU'ON A ANNULÉE L'AUTRE JOUR ?
OUI...
C'EST REVENU SUR LE TAPIS. ÇA T'INTÉRESSE TOUJOURS ?
SHHH
OH, EUH NON, JE NE PENSE PAS. JE SUIS OCCUPÉ, EN CE MOMENT.
ATTENDS, TU VAS TOUJOURS DANS CE BAR ?
C'EST POUR ÇA QUE TU ME SNOBES LE SOIR ?
OUI...

ALORS ? DES RÉSULTATS ?
EH BIEN, ÉVIDEMMENT...
FLOUF
J'ai des admirateurs... !!
JE LE SAVAIS !! Y A UNE RAISON POUR LAQUELLE ON T'APPELLE LE PRINCE !
MAIS IL Y A UN HOMME...
qui ne regarde jamais dans ma direction.
J'ai même commencé à avoir l'impression qu'il m'évitait...

C'EST LE PLUS POPULAIRE DU BAR, ET C'EST LE SEUL QUI... !!
GNGNGNGN
OH, C'EST CE TYPE QU'ILS APPELLENT NIN NIN ?
Le beau gosse, là.
PEUT-ÊTRE QUE T'ES PAS SON TYPE, SIMPLEMENT ?
QUOI ?
DOOOOOM
TU PENSES QU'IL Y A DES GENS DONT JE NE SUIS PAS LE TYPE ?!
BEN, OUAIS...
CE N'EST PAS POSSIBLE... MAIS EN EFFET, IL PASSE SON TEMPS AVEC LES PETITS JUMEAUX, LÀ, QUI ONT L'AIR À PEINE SORTIS DU COLLÈGE.
Ce serait un shotacon...
AH ! SINON, PEUT-ÊTRE QU'IL CROIT QUE TU ES TROP BIEN POUR LUI ?
HA
HA
Hein, dis ?
OH ! C'EST VRAI !! C'EST LA SEULE POSSIBILITÉ !
ESPOIR
Ta naïveté est navrante...

PEUT-ÊTRE QU'IL ATTEND QUE TU PRENNES L'INITIATIVE.
IL Y A PAS DE MAL À CE QUE CE SOIT TOI QUI VIENNES LUI PARLER, NON ?
AAATCHOUM !
OUI, MAIS...
PFF... J'AI DÛ CHOPPER UN RHUME ...
SNIRFL
FRR
SI C'EST MOI QUI VIENS LE DRAGUER, ÇA N'A PLUS DE SENS...
TON BESOIN DE RECON-NAISSANCE COMMENCE À TOURNER À L'OBSESSION, TU SAIS...
ENFIN, FAIS ATTENTION À NE PAS BLESSER TES PARTENAIRES EN VOULANT COMBLER TES DÉSIRS ÉGOÏSTES, OK ?
ILS TENTENT LEUR CHANCE PARCE QUE TU LEUR PLAIS...
ET C'EST PIRE DANS LE CAS D'UNE PERSONNE QUI N'AVAIT PAS L'INTENTION DE TE FRÉQUENTER À LA BASE.

À L'INVERSE, TU SAIS JAMAIS COMMENT SONT LES GENS QUI SE RAPPROCHENT DE TOI.
IL Y A DES MECS BIEN, ET DES CONNARDS. FAIS ATTENTION À TOI, D'ACCORD ?
BIEN SÛR.
Espèce de mère poule, va...
Vraiment ?
JE PRIE POUR QU'IL SOIT PAS LÀ CE SOIR !
FRR

CLIC
ガチャ
Coup d'œil suspicieux
Peut-être qu'il est pas encore arrivé... ?
STAP
PARDON ?!
HEP, MON GARS. QU'EST-CE QUE TU FICHES DEVANT NOTRE BOÎTE ?
T'AS DU CRAN, D'ESPIONNER NOTRE BUSINESS...
CLAC
Films de gangster ?
TOUT LE MONDE À TERRE !
CECI EST UN HOLD-UP !
MERCI À VOUS DE FAIRE CONFIANCE À NOTRE MAISON !
BONSOIR !
Toujours en forme, vous deux...
SALUE
FLP

QU'EST-CE QUE TU BOIS ?
HM
HM
JE TE LAISSE CHOISIR.
BAH ALORS, POURQUOI T'ES SI NERVEUX ?
CLING
カロンカロン
IL… IL EST PAS LÀ, HEIN ?
CLING
カラ
QUI ÇA, IL ?
CLING
カラカラ
TU PARLES D'OMOTEYA HIKARU, HEIN ?
IL EST PAS ENCORE ARRIVÉ.
Monsieur, votre cendrier !!
TU LE CONNAIS ?
Bougez pas, je vous allume ça.
OH… PAS VRAIMENT…
EN FAIT, C'EST
CLIC
カチッ

AH, C'EST UN COLLÈGUE DE TRAVAIL.
SCOUI
BAH, SI T'ES SI BIEN CAMOUFLÉ, T'AS PAS DE SOUCI À TE FAIRE, NON ?
C'EST PAS FAUX...
OÙ ÇA ?
OÙ ÇA ?
REGARDEZ, AU BOULOT, JE FAIS EXPRÈS...
DE CHANGER COMPLÈTEMENT D'APPARENCE.
HAN, ÇA CRAIIIINT !
C'EST LE DÉGUI-SEMENT PARFAIT, HEIN ?
ET IL A RIEN REMARQUÉ, NON ?
OUAIS, MAIS...
AHAHA
AHAHA

TU DEVRAIS LUI INTERDIRE D'ENTRER. C'EST TOUT ! IL EST HÉTÉRO, EN PLUS.
JE SUIS SÛR QU'IL VIENT JUSTE POUR FAIRE MOUSSER SON EGO ET SE PROUVER QU'IL PEUT AUTANT ATTIRER LES MECS QUE LES NANAS.
OU JE NE SAIS QUELLE AUTRE RAISON INUTILE.
ALLONS, ALLONS...
T'AURAS BEAU ME DIRE ÇA...
ON EST PAS UN ÉTABLISSEMENT INTERDIT AUX HÉTÉROS.
OUAIS, MAIS...
ET C'EST DEVENU UN CONSOMMATEUR RÉGULIER, À FORCE.
EN PLUS, IL EST TELLEMENT BEAU QU'IL ATTIRE DE NOUVEAUX CLIENTS !
JE PEUX PAS CRACHER SUR CE GENRE DE BONUS...
PROFI-TEUR, VA !
TSS
TSS
MAIS TU SAIS, JE CROIS QUE SON OBJECTIF, C'EST TOI.

TAP コッ
TAP コッ
TAP コッ
SANS FAÇON.
IL REÇOIT ASSEZ D'ATTENTION COMME ÇA, LE PRINCE, LÀ.
EN VRAI, C'EST UN NARCISSIQUE QUI MÉPRISE LES GENS NORMAUX ET LEUR FAIT DES REMARQUES DÉPLACÉES.
MAIS C'EST COMPLÈTEMENT TON TYPE, POURTANT, NON ?
TAP コッ
TAP コッ
CLAC
CLAC
PSHH
OUAIS, MAIS...
OH, BONSOIR !
ARGH !

CLAC
Quand on parle du loup...
TAP
コツ
JE T'EMPRUNTE LES TOILETTES, PATRON !
OK !
ÇA SE VOIT, LÀ, CRÉTIN...
EUUUUH
ひえええ
CE QUE VOUS VOULEZ, PATRON
CLAC
カタン
OK.

Il s'est levé dès que je suis entré.
Il m'évite vraiment !
Tu vas chier ?
Nope.
Ou c'est un hasard ?
Peut-être que comme Tôya me l'a suggéré, c'est à moi de...
Un mojito !
Merci.
Mais je ne me vois pas lui parler, ce serait...
HMPH
PFF, ET PUIS ZUT.
GLOU
S'il y tient tellement...
pourquoi il vient pas me parler ?

VIIITE... !!
HUUUUUU
あ〜〜ん
VIITE ! REMARQUE MON EXIS-TENCE... !!
CLIGNE
ARRÊTEZ D'INTER-PRÉTER CE QU'IL SE PASSE DANS LA TÊTE DES GENS !!
MAIS C'EST TOI QU'IL ATTEND, NIN NIN...
COMMENT VOUS POUVEZ LE SAVOIR ?!
TOURNE
REGARDE, LE PAUVRE... IL EN EST À SON CINQUIÈME VERRE...
ET ALORS ?!
HUM ...
T'ES TROP CRUEL, NIN NIN !
TROP CRUEL !
N'IMPORTE QUOI...

C'est moi qui subis, là, en fait !!
SI VRAIMENT JE L'INTÉRESSE...
Il vaudrait peut-être mieux que j'en joue...
et que je le fasse pleurer un peu ?
Et puis, si je découvre qu'il a un secret ou une faiblesse, ça me fera une garantie, pour le boulot...
FSH
Ça m'embête de le reconnaître, mais le patron a raison...
C'est carrément mon type.

POC
UN AUTRE !
IL VAUDRAIT PEUT-ÊTRE MIEUX S'ARRÊTER LÀ POUR CE SOIR…
HUU… NON…
J'ai beau attendre et attendre et attendre, il n'a pas fait un seul pas vers moi.
Est-ce que ça veut vraiment dire que je ne l'intéresse pas… ?!
Patron… Un autre…
PATRON.
UN SCREWDRIVER.
!
AH
OK !

Il...
JE PEUX... M'ASSEOIR LÀ ?
Il est là... !!
OUI...
BADOM
ドキ
BADOM
ドキ
DU... DU CALME... RÉPONDS FROIDEMENT...
ÇA FAIT UN MOMENT QUE JE TE VOIS ICI, MAIS J'AI JAMAIS OSÉ VENIR TE PARLER.
AH...
AH BON.
NERVEUX
NERVEUX
!?
NIN NIN ?!
T'AS REFUSÉ LES AVANCES DE TOUS LES MECS QUI ONT TENTÉ LEUR CHANCE, HEIN ?
CHUUUT

J'AI EU PEUR DE ME FAIRE JETER À MON TOUR.
TU ATTENDS SANS DOUTE QUELQU'UN D'AUTRE...
OH, NON...
JE N'ATTENDS PERSONNE... D'AUTRE...
AH, BON ! TANT MIEUX !
La voilà !! Ninpô... La technique du sourire irrésistible !!
WAOUH...
GENRE, IL ALLAIT SE FAIRE JETER !!
Y AVAIT PAS MOYEN !!
LE...
LE SCREW-DRIVER...
MERCI !
HÉHÉ

C'EST MOI QUI OFFRE.
PARDON ?
POC
スッ
SOURIT
SI TU VEUX.
M... MERCI...
Un screwdriver...
C'est bien...
CLING
ce cocktail qui veut dire...
« Tu as volé mon cœur » ?!
求 PROPOSITION 愛

ÇA Y EST, CETTE FOIS… C'EST « NINPÔ, TECHNIQUE DU LANGAGE DES COCKTAILS ».
MAIS EST-CE QUE C'EST UNE COÏNCIDENCE OU EST-CE QUE ÇA FAIT VRAIMENT PARTIE DE SA STRATÉGIE ?
ÉVIDEMMENT, QUE C'EST SA STRATÉGIE !
Ah, tu vois, Tôya ! Je l'ai fait !
Grand bien t'en fasse.
J'ai réussi à séduire le plus bel homme du bar !
FUFU
FUFUFU
Je te vois, hein, avec ta tête de satisfait.
HIN HIN HIN
T'as compris ce que ça voulait dire…
Tu crois que t'as réussi à me faire craquer, hein ?!
KEUF
C'est toi qui vas te faire attraper…
COMMENT TU T'APPELLES ?
Je le sais, mais bon…

OMOTEYA HIKARU.
JE PEUX T'APPELER HIKARU ?
EUH, OUI, BIEN SÛR.
MOI, C'EST SHINOBU.
SHI...
SHINOBU...
J'AI L'IMPRESSION QU'ON POURRAIT BIEN S'ENTENDRE, TOUS LES DEUX, HIKARU...
QU'EST-CE QUE TU EN PENSES ?
BADOM
ドキッ
!!

BADOM
EH BIEN, JE NE SAIS PAS...
J'aurais cru qu'il était du genre séducteur, mais on est loin de l'image de playboy hétéro que j'avais de lui, là...
BADOM
JE NE PENSE PAS... QUE CE SERAIT UN PROBLÈME.
VRAIMENT ? COOL !
JE...
DE RIEN.
IL EN FAIT TROP...
PSST
CHUUUT
J'Y VOIS PLUS RIEN TELLEMENT ÇA BRILLE...
PSST
BRILLE
BRILLE
TU M'EN VOIS RAVI.
Je n'avais pas réfléchi à ce qu'il se passerait après avoir réussi à le séduire...
Est-ce que je nous vois nous rapprocher ... ?
BRILLE
HUM

ÇA VA ? TU TE SENS MAL ?
T'AS UN PEU TROP BU, JE CROIS, NON ?
PARDON ?
OH, NON, ÇA VA. CE N'EST RIEN.
Mais au fait...
?
Il n'est pas au courant que je suis hétérosexuel, lui !
Bon, d'accord...
Là, ça me fait culpabiliser.
EN... EN EFFET, J'AI PEUT-ÊTRE UN PEU ABUSÉ DE L'ALCOOL, CE SOIR...
ガタ
STAP

JE TE RACCOMPAGNE.
OH, NON, JE... JE NE VEUX PAS VOUS EMBÊTER...
MAIS NON, MAIS NON...
PATRON, METS TOUT SUR MON ARDOISE.
QU... AH, OH. OK !
JE PEUX RENTRER TOUT SEUL, VOUS SAVEZ...
CLING
OH ! ATTENTION ! TU VOIS, TU TRÉBUCHES...
MAIS...
CLAC CLAC
STAP
BON, IL VA SE FAIRE BOUFFER...
MAIS À QUOI TU PENSES, NIN NIN ?!!

WAOUH, IL HABITE DANS UN APPART VACHEMENT CHIC, DIS DONC...
BIBIP
MERCI DE M'AVOIR RACCOMPAGNÉ.
TU VEUX ENTRER ?
JE PEUX ?
TU M'AS GENTIMENT RACCOMPAGNÉ CHEZ MOI. LA MOINDRE DES CHOSES, C'EST DE T'OFFRIR UN THÉ.
HIKARU...
EN FAIT, TU ATTENDAIS QUE JE VIENNE TE PARLER, HEIN ?
PARDON ?

TU CROYAIS QUE J'AVAIS PAS REMARQUÉ TON PETIT REGARD INTÉRESSÉ ?
ET T'AS ENFIN RÉUSSI À M'INVITER CHEZ TOI...
ALORS QUE T'ES HÉTÉRO, HEIN ?
C'est un parfum de femme, ça...
POURQUOI TU FRÉQUENTES UN BAR GAY ?
BADOM
BADOM
JE SAIS PAS CE QUE TU CHERCHES, MAIS...
Il n'a pas du tout le même comportement qu'au bar... On dirait une personne différente...
BADOM
BADOM
Il y a des mecs bien, et des connards. Fais attention à toi, d'accord ?
Il faisait semblant ?!
T'EN AVAIS ASSEZ DES NANAS...
ALORS T'AS DÉCIDÉ DE TENTER AUTRE CHOSE ?

UN PETIT BLANC-BEC COMME TOI, BIEN DANS LE MOULE...
T'AS TOUJOURS EU TROP PEUR DE JOUER AVEC LE FEU, HEIN ?
HMPH
GRR
BLANC-B...
JE... JE NE VOIS PAS EN QUOI J'AURAIS PEUR... !
DE...
DE JOUER AVEC LE FEU...
Il est trop facile à cerner, dès qu'on titille sa fierté mal placée...
T'INQUIÈTE PAS.
FFFF

ATTENDS, TU... !!
TU... TU COMPTES... JOUER CE RÔLE-LÀ, SI JE COMPRENDS BIEN ?!
T'AS JAMAIS TESTÉ, AVEC UN HOMME, HEIN ?
TU VAS ADORER COUCHER AVEC MOI.

AH !
N...
GN
HMPH !
SMACK
HM...
FU...
TAC
BRR
HMM...
SA LANGUE...
SLURP
HM...
BRR
H...
HA !
SMACK
HAA...
SMACK
HM...
HMPH...
SMACK
CLOUPS

HM...
FU...
BRR
SMACK
SLURP
Qu'est-ce qui m'arrive... C'est juste un baiser, mais...
SLRP
SMACK
FU
GNN
Sentir le bout de sa langue...
fait vibrer tout mon corps...
HM
HN...
HUM...
FU...
Je n'avais jamais ressenti ça...
FFFR
BRRR
AAAH!
OOH ?
T'ES DÉJÀ DANS CET ÉTAT AVEC UN SIMPLE BAISER ?
HA...

BAM
B... BIEN SÛR QUE NON...
AH...
FFFF
TU TIENS MÊME PLUS SUR TES JAMBES...
C'EST... C'EST L'ALCOOL...
HA
HA
ÇA NE PEUT PAS ÊTRE UN SIMPLE BAISER...
HUM ?
CLING
!
CLING
BRR
AH !
QUE...
CLING
HÉ !
BRR
FRR
OH !
AH.
BEN TU BANDES PAS À MOITIÉ.
AH !
FFFR
HM...
EXCITÉ

OOH...
AH !
HM
HU...
HMPH
BRR
FFF
SQUISH
ATT...
DOUC...
AH
C'EST BON, HEIN ?
NOUS, ON SAIT TOUJOURS MIEUX COMMENT FAIRE.
AH !
AH !
SQUISH
FP
BRR
C'EST... FAUX...
BRR
HAA...
AH...
HA...
HAA...
T'AS CONNU CE GENRE DE PRATIQUE AVEC DES FEMMES, TOI.
COMMENT TU TE SENS, DE FAIRE ÇA AVEC UN MEC ?
HONTEUX ?
HAA...
N...
BRR
HA
AH !
GN
OU ALORS, CARRÉMENT HUMILIÉ ?
DIS, HIKARU... ?

COMPLÈTEMENT EXTATIQUE
H... !
HAAN...
HAAN... HA...
BADOM
TS...
HA
HAA
FLOP
OUH LÀ !
BRR
BRR
OO OH !
SPLT
AH !
HMM...
PUTAIN...
J'arrive pas à croire qu'Omoteya ait réussi à me faire bander...
C'était pas prévu...
GNN
FFR
HA

FWP
GLISSE
HAAAAA ?!
BADOM
FFF
QUE... ?! MAIS...
QU'EST-CE...
QU'EST-CE QUE TU...
GNN
AAAH !
JE FAIS JUSTE DE L'INTERCRURAL. PAS DE PÉNÉTRATION.
INTER... ?!
BRR

AH !
AH !
FRP
ずっ
FRP
ズリ
OOH !
SLAP
バチン
BRR
ひくっ
HU...
HN...
H...
FRP
ばすっ
HMPH
FRP
ばすっ
AH
AH !
FRP
ばすっ
HAAN...
AH !
AH
FRP
ばずっ
SLP
ズリッ
ゴリッ
FRR
IL FROTTE CONTRE MON ENTRE-JAMBE AVEC...
BRR
BRRR
AH !
HAN... !
GLOUP
BRR
Je devrais avoir honte, mais...
HMM
c'est beaucoup trop agréable...
BRR
HAA...
HA !
BRR
AH
HA !

HA... JE... VAIS...
BRRR
HMPH
HMPH
H...
SLAP
SLAP
AH !
HA !
HA !
OOH !
HM...
SLAP
HMPH...
BRR
SLPT
AH...
SUR MON DOS... ?
HMMM...
HA
C'EST CHAUD...
HA
FLOP

Il est pas léger...
EH BEN... C'ÉTAIT TROP POUR LUI ?
HUM...
FLOP
BON, IL AVAIT QUAND MÊME PICOLÉ, AUSSI...
POUF
PFFF...
C'est sexy, ça...
J'Y SUIS PEUT-ÊTRE ALLÉ UN PEU TROP FORT...
RONN
Y A QUE TON VISAGE, QU'EST ATTRAYANT POUR MOI, OK ?

T'es mignon, comme ça. Arrête.
....
OH !
J'ai complètement dévié de mes intentions !
Merde ! J'avais pas dit que je voulais pas coucher avec lui, à la base ?!
FAUT QUE JE FILE !
DAH
BON, AU MOINS, J'AURAIS RÉUSSI UN DE MES OBJECTIFS.
JE CONNAIS LES FAIBLESSES DU PRINCE DE CES DAMES.
AVEC ÇA, IL DOIT AVOIR COMPRIS LA LEÇON. IL REVIENDRA PLUS AU BAR.
DING
OH, J'AI OUBLIÉ DE VÉRIFIER S'IL ÉTAIT COMPLEXÉ PAR SA BITE...
En la touchant, je l'ai trouvée normale, en tout cas...

JE ME SUIS ENDORMI...
CRR
ギッ
.....
FFF
むず
かあああ
ROUGIT
HUM !
SECOUE
MAIS À QUOI EST-CE QUE JE PEN-SAIS ?!
CRÉTIN !
PFF... QU'EST-CE QUE C'ÉTAIT, CE TYPE... ?
HM ?
POC
.....

Chapitre 3

FR
BRR
HIKARUUU !
AH
WAAH !
DOM
DOM
TÔYA.
Salut.
BAH ALORS, TU PLANES ? TON CAFÉ EST PRÊT, HEIN.
BIBIP
OH, MERCI...
AU FAIT ! J'AI UN RESTO, POUR CE MIDI !
LEURS DESSERTS SONT À TOMBER PAR TERRE.
SURTOUT LEURS PETITS BAISERS !
BAISER ?!

BAH, QUOI ?
HA !
DOM
Tu m'as fait sursauter...
OH, RIEN, RIEN...
TU PARLAIS DES GÂTEAUX, BIEN SÛR...
J'ai beau essayer, je n'arrive pas à me calmer...
J'ai hâte de tester ça avec toi ! Ça va être trop bon !
Pourquoi je me sens si fébrile ?
HIKARU, TU M'ÉCOUTES ?
HA !
OH, EUH... OUI, AVEC PLAISIR !
POF
HUM ?

FAIS GAFFE. Y A UN TRUC QUI EST TOMBÉ DE TA POCHE.
CLIC
ひょい
HM ?
UN BRIQUET ?
AH ! EUH ! C'EST...
DEPUIS QUAND TU FUMES, TOI ?
OH, JE NE FUME PAS... COMMENT DIRE...
L'HOMME DU BAR L'A...
LAISSÉ CHEZ MOI.
GRMPH
GRMPH
?
AH ?
JE NE SAIS PAS QUOI EN FAIRE. JE ME VOIS MAL LE JETER, ET...

Depuis quand ils en sont là ?
OHO ! CHEZ TOI, HIKARU, VRAIMENT ?
C'EST ALLÉ VITE, DIS DONC !
JE… IL NE S'EST RIEN PASSÉ, HEIN ! MÊME PAS UN BAISER !
MAIS BIEN SÛR.
Je suis surpris…
IL L'A PEUT-ÊTRE LAISSÉ EXPRÈS ?
EXPRÈS ?
Ce serait un rouge à lèvres…
Un acces-soire…
BEN, C'EST UNE TECHNIQUE DE DRAGUE. ÇA DONNE UN PRÉTEXTE POUR SE REVOIR.
Je crois que j'ai compris !!
ギョピーン
ILLUMINATION

Alors il a fait exprès...
Hikaru ? Hikaruuu...
Ça signifie qu'il va revenir le chercher !
Je... J'ai oublié accidentellement mon briquet chez toi...
Allons, allons ! Dis-moi ce que tu veux vraiment...
J'ai juste à me tenir prêt à l'accueillir comme il se doit !
もじ
GÊNE
もじ
GÊNE
Tss... Je suis vraiment...
un homme fourbe...
FU
TÔYA ! CE SOIR, ON VA BOIRE UN COUP ENSEMBLE ! ÇA FAISAIT LONGTEMPS !
AH ? BON, C'EST TOI QUI OFFRES, ALORS ?
ÇA ME VA !
Maintenant, on va manger des baisers ?
PATRON, T'AS DU FEU ?
PAC

J'AI DÛ PERDRE MON BRIQUET JE NE SAIS OÙ.
CLING
TU L'AS PAS VU ICI, PAR HASARD ?
NON... DU TOUT...
ET VOILÀ.
FL
ボボッ
MERCI.
F...
HM
SNIF...
HM
AAH...
AAA AH...
ATCHOUM !
FF
BAH.
ENCORE.
T'ES ENRHUMÉ ?
NON ? QUELQU'UN DOIT ÊTRE EN TRAIN DE PARLER DE MOI...
TADAAAA
C'EST CERTAINEMENT...
HIKARU.
VOUS ÊTES EN FLICS, CETTE FOIS ?!

QUOI, HIKARU ? OMOTEYA ?
BEN OUI, HIKARU !
NOTRE HIKARU !
AU FAIT, NIN NIN, QU'EST-CE QU'IL S'EST PASSÉ, L'AUTRE FOIS ?
TU L'AS BOUFFÉ, AVOUE ? TU FAIS TOUJOURS ÇA...
T'AS VU, C'EST PLUS FACILE DE FONCER DANS LE TAS, HEIN ?
JE L'AI PAS BOUFFÉ.
J'AI TOUT JUSTE GOÛTÉ.
ET APRÈS, IL LUI PRÊTAIT LES PIRES INTENTIONS DU MONDE...
OUAIS.
T'AS VU.
DE QUOI ?!

C'EST VRAIMENT UN MEC QUI TRAÎNE DANS UN BAR GAY POUR FAIRE MOUSSER SON EGO D'HÉTÉRO.
T'IMAGINES LA DÉCEPTION, SI UN TYPE ÉTAIT VRAIMENT INTÉRESSÉ ?
J'AI VOULU LUI DONNER UNE LEÇON, C'EST TOUT.
JE VOIS TRÈS BIEN QUEL GENRE DE LEÇON.
RAH !
LAISSE TOMBER !
Vous vous fichez de moi...
SI JE VEUX PROTÉGER MON SECRET ET CONTINUER À TRAVAILLER INCOGNITO...
J'AI BESOIN DE RÉCUPÉRER QUELQUES INFOS CROUSTILLANTES SUR SON COMPTE.
TOP
POURTANT, IL A PAS L'AIR DU GENRE À BALANCER LES SECRETS DES AUTRES.
C'EST JUSTE UNE POLICE D'ASSURANCE.

JE LES CONNAIS, LES MECS TROP FIERS POUR ACCEPTER D'AVOIR PERDU UNE BATAILLE.
IL EST COMME ÇA, LUI.
JE PENSE PAS QU'IL REVIENDRA ICI.
TU VAS VOIR QU'EN FAIT, IL A CRAQUÉ POUR TOI.
HIHI
OU ALORS, C'EST TOI QUI T'ES FAIT ATTRAPER, NIN NIN !
C'EST L'ARROSEUR ARROSÉÉÉ !!
HI HI HI
HÉ HÉ HÉ
ARRÊTEZ DE DIRE DES TRUCS FLIPPANTS !
Bon, un peu, peut-être ? Il m'a fait bander, quoi...
Nan... C'était juste une réaction physiologique, c'est tout.
EUUUUUUUUUH

J'ai pas eu un seul partenaire, récemment, à cause de lui... Je devais être en manque.
ENFIN, PEU IMPORTE. J'AI LA PAIX !
LA NUIT PROMET D'ÊTRE AGITÉE !
FUFU
T'ES « ON FIRE », ÇA Y EST ? T'ES « ON FIRE », ÇA Y EST ?
HIHI
HIHI
PFFF...
JE SAIS PAS. PEUT-ÊTRE...
OUAIS.
NIN NIN EST « ON FIRE » !!
LOOOO!!
ARRÊTEZ DE CRIER !!

C'est étrange...
Il n'est pas venu du tout !!
HM...
Ça fait plus d'une semaine que je l'attends !
Et pas un signe !
FUFUFU
IL L'A PEUT-ÊTRE VRAIMENT LAISSÉ TOMBER ?
IL EST POSSIBLE QU'IL NE SE SOUVIENNE MÊME PAS OÙ IL A PU LE PERDRE...
OH
Mais alors...

TAP
カッ
TAP
カッ
Je sais !! Il a dû oublier mon adresse !
Ça fait un moment, déjà...
STOP
ピタ.
Dans ce cas, je n'ai pas le choix...
POSITIVE ATTITUDE
Je n'ai plus qu'à être un bon prince...
Et aller lui rendre moi-même !
HMPH.
SCOUI
キュッ
SCOUI
キュッ
BON, BEN OMOTEYA A PAS L'AIR PRÊT DE REVENIR...

T'ES ENCORE LÀ-DESSUS, PATRON ?
BEN...
LE BEAU GOSSE, LÀ ? C'EST VRAI QU'ON LE VOIT PLUS, DERNIÈRE-MENT...
C'EST NIN NIN QUI L'A VIRÉ.
C'EST QUOI, CETTE RÉPUTATION QUE VOUS ME FAITES ?
AH ? TU SUPPORTES PAS D'AVOIR DES RIVAUX ?
T'y vas pas de main morte...
WAAH
J'AI L'IM-PRESSION D'AVOIR MOINS DE CLIENTS, DEPUIS...
WAAH
C'EST MOI LE MÉCHANT, MAINTENANT ?
PFFF !! J'EN AI MARRE. JE REVIENDRAI QUAND VOUS AUREZ FINI DE M'EMBÊTER.
CRRR
HEIN ? TU PARS DÉJÀ ?

Rentre bien, boss !
Rentre bien !
IL PLEUT, TU VEUX UN PARAPLUIE ?
J'en ai en rab.
C'EST BON, JE VAIS MARCHER JUSQU'À LA GARE.
ガチャッ
CLAC
FAIS GAFFE À TOI DANS LES PETITES RUES !
À plus !!
HÉHÉ
AH !
OH !
PARDON.

QU...
Merde !
Encore lui ?!
H...
Putain... ! Il apprend pas, ce type...
RESTE PAS DEVANT LA PORTE, ON PEUT PAS SORTIR...
TON BRIQUET.
QUOI ?
TU L'AS « LAISSÉ » DANS MON APPARTEMENT.

GNN
Il l'a fait tomber...
PARDON ? JE TE LE RAMÈNE EXPRÈS ET TU...
OOH !
JE ME DEMANDAIS OÙ J'AVAIS PU LE FAIRE TOMBER !
!
TU... C'EST INTENTION-NEL, HEIN ?
DE QUOI ?
TU PRÉTENDS QUE TU L'AS FAIT TOMBER, COMME SI DE RIEN N'ÉTAIT.
ALORS QU'EN FAIT, C'ÉTAIT UN PRÉTEXTE POUR QU'ON SE REVOIE...
MAIS JE COM-PRENDS... !
TU VOU-LAIS QUE CE SOIT MOI QUI TE COURRE APRÈS, C'EST ÇA ?!
ATTENDS, ATTENDS... DE QUOI TU PARLES ?
ÉVIDEMMENT, QUE C'ÉTAIT ÇA !
NON MAIS, JE L'AI VRAIMENT JUSTE FAIT TOMB...

!
BOM
MAIS SI TU L'AVAIS JUSTE FAIT TOMBER...
J'AURAIS L'AIR D'UN IMBÉCILE...
DE T'AVOIR ATTENDU TOUT CE TEMPS.

TAC
AH !
BAM
COMME JE VENAIS PAS, T'EN AS EU ASSEZ D'ATTENDRE...
ET T'ES ALLÉ ME CHERCHER TOI-MÊME...
H...
ÇA T'A TELLEMENT PLU, COMME IDÉE, QUE T'ES SORTI SOUS LA PLUIE, SANS RÉFLÉCHIR ?
BRR
FFF
NO...
TOUT ÇA DANS L'UNIQUE BUT DE ME VOIR ?
FWSH

JE...
JE VEUX MA RE-VANCHE !!
QUOI ?
TOUT À FAIT ! JE VEUX MA RE-VANCHE !
J'AVAIS TROP BU !
GYAH
LA DERNIÈRE FOIS, CE N'ÉTAIT PAS UN COMBAT ÉGAL.
CETTE FOIS, JE...
Il est tellement désespéré qu'il sait plus ce qu'il dit.
Il se rend compte de ce qu'il implique, là ?
OK... TA REVANCHE, HEIN...
O...
OUI !
BRR
ALORS, CETTE FOIS...
TU VEUX QUE J'EN PROFITE JUSQU'AU BOUT ?

HM ?
HMPH...
GNN
FIXE
!
GNNN
TSSS...
HM...
SMACK
FU...
PENCHE
HM...
HN !
BRR

HM...
H... !
GNI
BAM
AHA. OK !
HM.
SI TU INSISTES...
JE VAIS M'OCCUPER DE TON CAS.

FFF
À l'hôtel
IL EN MET, DU TEMPS...
IL S'EST NOYÉ SOUS LA DOUCHE, OU QUOI ?
FRSH
CRSH

ALORS ? C'EST L'HEURE DE LA REVANCHE ?
ギュ
FRRR
キシッ
CRR
OUI.
JE VEUX TE SÉDUIRE, ET QUE TU SOIS INCA-PABLE DE ME RÉSISTER.
SMACK
HM.
T'ES TROP DOUX, HIKARU.
AH ?
グイ
GN

TU PEUX PAS T'ARRÊTER À UN BAISER AUSSI INNOCENT.
AH !
FRR
HM...
SI T'Y VAS PAS À FOND...
BRR
SMACK
FU...
HM...
JE...
JE VAIS ME FAIRE DÉVORER...
FHMPH...
SLURP
HA...
TU PEUX PAS ÊTRE À LA HAUTEUR DE TES PROMESSES.
AH...

TU VOIS, TU FAIBLIS DÉJÀ...
POF
HA
ALLEZ, TU PEUX LE FAIRE !
OK ?
HM...
H... !
POUSSE
BRR
POUSSE
HN...
HM...
HMPHA
TES... TES BAISERS...
HAAA
ARRÊTE... C'EST TROP...
HA
ÇA ME FAIT TOUT DRÔLE...
HAN
J'AI L'IMPRESSION QUE JE NE SUIS PLUS MOI-MÊME...

FRR
Il se rend absolument pas compte de ce qui va lui arriver...
DANS CE CAS...
Pfff... Arrête d'essayer de comprendre.
HA
ON VA TE FAIRE DÉCOUVRIR DES SENSATIONS ENCORE PLUS ÉTONNANTES.
GNGNII
LÈVE LES FESSES.
FRR
AH !
MAIS !
JE VAIS T'APPRENDRE...
SLP
DES CHOSES QUE TU NE CONNAISSAIS PAS SUR TON CORPS.
Lotion
20ml
SPLOT
BRR
AAAH !
C'EST FROID !

TREMBLE
QU... ?!
HA !
FPPP
AH !
SERRE
AH...
AAH !
SQUISH
BRR
OOH !
QU...
SQUISH
SQUISH
FP
ÇA VA, ÇA FAIT PAS MAL, HEIN ?
AH...
PAS...
VRAIM...
ET VOILÀ, DÉJÀ DEUX DOIGTS...
HMPHU...
BRR
BRR
AAAAH !
SQUISH
HM... !
NON... AH ! HAA... !
H...
BRR
BRR
TROIS...
BRR
HMF...
FUU
HU...
HN...
BRR

BRR
Je voulais garder le contrôle...
N...
JE...
LÀ, C'EST ...
Prendre ma revanche...
SQUISH
SQUISH
SQUISH
SQUISH
FUUU
BRR
FU...
à la base...
HMPH ...
FLSH
TU TE TIENS TRANQUILLE, MAINTENANT ? ET TA REVANCHE ?
Mais cet homme arrive à faire en sorte...
que je sois complètement à sa merci...
Je suis incapable de lui résister.
TU DEVAIS PAS FAIRE EN SORTE QUE JE PUISSE PAS TE RÉSISTER ?
TOURNE
AH...
NON...

FLP
HA !
HAA
BRR
FRR
BRR
BRR
ON N'EN EST PLUS LÀ, JE CROIS… ?
JE RENTRE.
POUSSE
FRR
AH !
AT-TENDS…
SERRE
SQUSH
AH !

CRR
AA AH !
AH !
SLAP
GNN
AH !
CRR
J'ai peur...
BRRR
N...
BRRR
DOM
AH...
HAAN !
Je n'avais jamais senti mon corps comme ça...
Au fond...
DOM
DOM
OH !
GN
DOM
AH !
HAA
BRR
AH...
JE...
BRR
Il a révélé quelque chose...
HA !
CRII
HAA !
HAA... T'ES SERRÉ...
Ma voix devient obscène...
CRII
AH !
CRII
Je ne me reconnais plus...
HAAN !
OH !

HA
HA
CLING
チャリ
CLING
チャリ
ギッ
CRII
CRII
ギシ
HA
HA
CLING
チャリ
HM ?
HM...
SMACK
HM...
SQUIIIII
Je suis déjà...
Je suis fichu...
HM... !

CRII
TSSS... QU'EST-CE QUE JE VAIS FAIRE DE TOI ?
FU...
BRR
FU...
AH
AH
CRII
SI ÇA CONTINUE COMME ÇA...
CRII
SLAP
SLAP
HMPH...
HNNN...
CRII
J'AURAI VITE FINI DE TE SÉDUIRE.
FFF
BADOM
AH !

BRR
AH !
HAA
AN !
BRR
NON !
JE...
BRR
OH !
SLPT
HAA
!
AH !
AH
HAAAAN...
BRR
HAA
-
HM...
CRII
PFF...
PFF...
BRR
CRII
CRII
GNN
BRR
AH !
N...
CRII
AH
AH
BRR
J...
P...
SLAP
SLAP
BRR
BRR
SERRE
CRII
CRII
HAAAH...
BRR
BADOM

PFFF...
MERDE, ON L'A VRAIMENT FAIT...
ET J'AI TOTALEMENT L'IMPRESSION D'ÊTRE TOMBÉ DANS SON PIÈGE...
Un piège dont il se rendait même pas compte...
Incroyable, ce type...
RONN

CLIC
CLIC
Croire que j'ai oublié mon briquet chez lui dans le seul but de le revoir...
J'aurais l'air d'un imbécile... de t'avoir attendu tout ce temps.
C'est presque drôle.
CRII
PEUT-ÊTRE QU'IL EST VRAIMENT UN PEU STUPIDE...
Il a trop d'imagination.
FFF
Ça a ses bons côtés, ce besoin de recon-naissance, chez lui...

En fait, on est tous les deux aussi cons.
CLAC
バタン
PFFF... MAIS QU'EST-CE QUE JE FABRIQUE ?
HUUUUU... !!!
PAF
ポカスカ
PAF
ポカスカ
POUF
ボフボフ
Revanche ratée

si tu insistes...

Si tu insistes...

Chapitre 4

TU ES IRRÉCUPÉRABLE !
SCOUI
SCOUI
TU NE POUVAIS PAS UTILISER UNE TECHNIQUE UN PEU PLUS DIRECTE ?
La méthode incriminée.
HMPH
SI TU TENAIS TANT QUE ÇA À ME REVOIR, TU POUVAIS SIMPLEMENT ME LE DIRE, NON ?
DE QUOI ?
C'EST L'INVERSE, JE T'ASSURE !

HMPH
EH BIEN... TU N'AVAIS QU'À PAS FAIRE EXPRÈS DE L'OUBLIER.
HMPH
C'EST POUR ÇA QUE T'ES LÀ, D'AILLEURS. PARCE QUE TU DEVAIS ABSOLUMENT VENIR JUSQU'ICI POUR ME RENDRE UN VIEUX BRIQUET ?
HÉHÉ
HÉHÉ
TOUT ROUGE
T'AVAIS TELLEMENT L'AIR D'AVOIR ENVIE DE ME REVOIR...
IL FALLAIT BIEN QUE JE T'OFFRE UN PRÉTEXTE...
QUE... !
DITES, VOUS EN PENSEZ QUOI ? ILS S'ENTENDENT BIEN, OU ILS SE DÉTESTENT ?
I...
DON'T...
KNOW...!
Oooh, c'est vrai, je suis censé avoir fait exprès !
Ne dis pas ça comme ça !
TSS...
HMPH
Un vrai gamin...
HÉ, NE T'ENFUIS PAS !
JE VAIS JUSTE AUX TOILETTES.

PATRON…
HM ?
DITES…
IL N'A PAS L'AIR DU GENRE À SE FIXER AVEC QUELQU'UN, JE ME TROMPE ?
BEN… J'EN SAIS RIEN. JE CONNAIS QUE SON CÔTÉ DRAGUEUR. IL VIENT ICI POUR ÇA, APRÈS TOUT…
MÊME SI J'AI AUSSI L'IMPRESSION QU'IL PRÉFÈRE LES COUPS D'UN SOIR…

HUUM…
EH BIEN, HIKARU, ON A DES PROBLÈMES DE CŒUR ?
HM ?
BRR
ON COMMENCE À CRAQUER POUR NIN NIN ?
HM ?
HA… HAHA… JE NE VOIS PAS DE QUOI VOUS PARLEZ…
DES PROBLÈMES DE CŒUR… ?! MOI ?!
AH ? C'EST PAS LE CAS… ?
VU LES QUESTIONS QUE TU POSES, ON POURRAIT AVOIR L'IMPRESSION QUE T'ES TOMBÉ AMOUREUX DE LUI, TU SAIS.
Je serais… amoureux de lui ?!
HAHA… JE NE VOIS PAS…
BEN QUOI ?
PUF PUF
C'EST PAS ÇA ?
J'aurai vite fini de te séduire.
SERRE
…..

MOI, JE TROUVE QUE NIN NIN A L'AIR VACHEMENT ATTACHÉ À TOI.
MOI AUSSI !
!!
!!
ESPOIR
AH... AH BON ?
FOUUU
MÊME SI AU DÉBUT...
IL DISAIT DES TRUCS BIZARRES À JAUGEUH HON...
AU DÉBUT, IL ÉTAIT JUSTE MÉFIANT !
À JAUGE DE QUOI ?
POUF
T'INQUIÈTE PAS TROP DE CE QU'ILS RACONTENT, CES DEUX-LÀ, OK ?
GNGNGNGN
HOU-MPH!!
HOU-MPH
ON A DU MAL À VOIR COMMENT IL SE COMPORTE AVEC LES AUTRES CLIENTS, DE TOUTE FAÇON... ÇA NE VEUT RIEN DIRE...
HUUM...
C'est déjà pas mal...

QUOI, VOUS ÊTES ENCORE EN TRAIN DE DIRE DU MAL DE MOI ?
MAIS NON, AU CONTRAIRE ! ON ESSAIE DE LUI DIRE QU'IL DOIT FAIRE ATTENTION, SINON TU VAS FINIR PAR LE FAIRE PLEURER.
DONC... VOUS DISIEZ BIEN DU MAL DE MOI !!
PFT...
Nin Nin, c'est le moment de sortir tes techniques ninja !
FUFU...
D'abord... La technique du regard en coin !! Ensuite...

T'AS L'AIR EN FORME, AUJOURD'HUI.
QUOI ?
JE NE VOIS PAS POURQUOI... JE SUIS TOUJOURS...
TAP
TAP
HUUM ?
FWP
ET DONC ?
!

POURQUOI T'ES VENU, CETTE FOIS ?
JE ME DEMANDE CE QUE TU PEUX VOULOIR DE MOI, MAINTENANT...
TOUT ROUGE
J...
JE NE VOIS PAS CE QUE JE PEUX VOULOIR DE TOI...
TU ES VRAIMENT DOUÉ POUR FAIRE SEMBLANT D'ÊTRE EN POSITION DE FORCE PAR RAPPORT AUX AUTRES, C'EST FOU...
HA !
CE N'EST PAS TOI QUI ES VENU PARCE QUE TU VOULAIS ME FAIRE QUELQUE CHOSE ?
AH ? ÇA VEUT DIRE QUE TU VEUX BIEN ?
JE CROIS QUE JE COMPRENDS... TOI, TU VEUX...
MA BI...
AAAAAAAH ! ARRÊTE ÇA !

CE N'EST PAS ÇA ! PAS DU TOUT !
ALORS C'EST QUOI ?
HMPH
PFFF... JE... TU ES VRAIMENT...
BWA HA !
PFAHAHA HAHA !
HAHAHAHA !
QU...
POURQUOI EST-CE QUE TU RIS ?
J'ai beau essayer de contrôler les choses, je ne fais que danser dans la paume de sa main...
Et les rôles s'inversent tout à coup...

Non... Ils ne s'inversent pas... Depuis le début, c'est moi qui...
SERRE
QUOI ?
RIEN...
TU FAIS UNE TÊTE QUI DIT QUE T'AS BESOIN QU'ON S'OCCUPE DE TOI.

JE...
N'IMPORTE QUOI !
C'EST FAUX !
SI, TOTALEMENT.
MAIS SI.
SERRE
MAIS NON !
ÇA SE VOIT, JE TE DIS !
N'INSISTE PAS ET LÂCHE...
M...
Pff...
AH...

Ne me regarde pas...
avec ces yeux avides...
ドクン
BADOM
Ne me demande pas...
ドクン
BADOM
ce que je veux de toi.
Alors...

que tu as déjà lu en moi.
Je devrais me rendre à l'évidence : c'est lui qui m'a séduit.
HM...
HN...
Et je voudrais qu'il ne regarde plus que moi...
AH !

ピピピピピピピピ
BI BI BI BI BI...
もぞ
FRSH
ON L'A ENCORE FAIT !
.....
IL N'EST PLUS LÀ...
6 h...
ギ
CRI
Quand j'ouvre les yeux, il a déjà disparu depuis longtemps...

Il ne reste que l'odeur entêtante de ses cigarettes...
et son fameux briquet...
ON NE SE VOIT QU'AU BAR OU À L'HÔTEL. JE NE SAIS MÊME PAS OÙ IL HABITE.
IL NE VEUT PEUT-ÊTRE PAS QUE JE M'IMMISCE DANS SA VIE PRIVÉE.
FRANCHEMENT ! VU LES NUITS QU'ON PASSE..
IL POURRAIT QUAND MÊME RESTER JUSQU'AU MATIN, IL N'EST PAS À ÇA PRÈS !
HMPH

FFF
ひや!
QUEL HOMME CRUEL...
BONJOUR, HIKARU !
BONJOUR, TÔYA.

PFOU ! IL FAIT PAS CHAUD, AUJOURD'HUI.
IL VA FAIRE MOCHE TOUTE LA SEMAINE...
AH OUI ?
TU REGARDES PAS LA MÉTÉO, HIKARU ?
BLA
BLA
BLA
OH... PAS AUJOURD'HUI. JE SUIS UN PEU FATIGUÉ.
HM
TU T'ES COUCHÉ TARD ?
C'est rare !
HM...
DISONS, OUI...
ENFIN, SI ON A LE TEMPS, ON SE FAIT UN RESTO, CE MIDI ?
AVEC PLAISIR !
J'ai repéré un café super !
KYAH !
ドサドサ
PATATRAS

AÏE…
DÉSOLÉ…
AÏEUUUH ! NON MAIS OH !
VOUS NE POUVEZ PAS REGARDER DEVANT VOUS ?!!
EUH, OUI. JE VAIS FAIRE ATTENTION.
GRMBL
C'EST ELLE QUI M'EST RENTRÉE DEDANS, MAIS BON…
TOUT VA BIEN ?
VOUS NE VOUS ÊTES PAS FAIT MAL ?
OH…
OUI… !
Tss, je te jure…
Le prince est de sortie !!
POURQUOI IL APPARAÎT TOUJOURS DANS CE GENRE DE SITUATION ?!
Ou c'est moi ?!

TOI AUSSI, TU VAS BIEN ?
ビクッ
BRRR
OUI !
JE TE L'AI DÉJÀ DIT, MAIS SI TU TE COIFFAIS UN PEU MIEUX...
TU POURRAIS PEUT-ÊTRE VOIR CE QU'IL Y A DEVANT TOI...
SI TU N'AS PAS ENVIE DE LES COUPER, TU PEUX AU MOINS LES RELEVER...
MAIS ?! OÙ EST-CE QU'IL EST PASSÉ ?!
DISPARU !
PFOUUU, JE L'AI ÉCHAPPÉ BELLE...

IL FAUT QUE JE RESTE SUR MES GARDES...
SI JAMAIS IL ME GRILLE...
IL POURRAIT...
Il pourrait faire quoi, en fait ?
Je me demande comment il réagirait...
GRMF
GRMF
J'EN AI ASSEZ ! IL NE PEUT PAS ÉCOUTER JUSQU'AU BOUT CE QUE LES AUTRES ONT À DIRE ?!
C'EST MALPOLI, DE DISPARAÎTRE COMME ÇA SANS PRÉVENIR !
BAH, QU'EST-CE QUE TU VEUX ? C'EST UN NINJA.
UN NINJA ?

BEN, IL S'APPELLE URAGAWA SHINOBU.
ET SON AURA CORRESPOND COMPLÈTEMENT À SON NOM : INVISIBLE.
POUF
IL A TENDANCE À DISPARAÎTRE TOUT À COUP, SANS PRÉVENIR, ALORS ON L'A SURNOMMÉ « LE NINJA ».
SHINOBU...
OOH ! NIN NIN ! C'EST VRAI, LUI AUSSI S'APPELLE SHINOBU.
HM ?
L'autre
CE SERAIT TRÈS DRÔLE QUE CE SOIT LA MÊME PERSONNE !
OH, RIEN... JE PENSAIS À L'AUTRE SHINOBU, QUI EST SON PARFAIT OPPOSÉ.

AHAHA ! C'EST IMPOSSIBLE !!
ILS NE SE RESSEMBLENT ABSOLUMENT PAS !
C'EST VRAI !
ENFIN, LEUR SEUL POINT COMMUN...
CE SERAIT LEUR CÔTÉ SANS GÊNE...
.....
Attends un peu...
Oui. Il s'appelle Shibonu, mais à cause de son nom et de ses techniques ninja, on l'appelle Nin Nin.
C'est un client régulier.
Il a tendance à disparaître tout à coup, sans prévenir, alors on l'a surnommé « le ninja ».
Lui aussi...
Il disparaît toutes les nuits avant que je ne m'en rende compte...

HIKARU ?
DING
チーン
L'ASCEN-SEUR EST LÀ.
OH, OUI.
Mais c'est impossible...
FRR
わしゃ
わしゃ
FRR
T'ES BIEN SILENCIEUX, AUJOURD'HUI...

MÊME AU BAR, T'AVAIS L'AIR DE PLANER.
AH ?
PAS SPÉCIALE-MENT...
C'est à cause de l'hypothèse ridicule de Tôya... Je n'ai aucune raison de spéculer autant...
Ils n'ont tellement rien à voir l'un avec l'autre...
TCHING
シュボッ
FFFR
C'est flagrant...
PFFF

TON VISAGE...
BRRR
!
T'ES BEAUCOUP TROP DISTRAIT.
À QUOI TU PENSES ?
BADOM
JE...
BADOM
Non, vraiment...

Je me fais
des idées.
CRII
AH...
FLOP
L'homme
qui se
trouve
sous mes
yeux...
FRR
HA...
est le seul qui
m'ait séduit.
HM...

IL A LE GOÛT DE TABAC...
SMACK
SLURP
HA
AH
HAA
HM...
AH...
HA !
T'AIMES BIEN, QUAND JE T'EMBRASSE, HEIN ?
HÉHÉ
JE SENS TA LANGUE QUI ME CHERCHE.
TU VEUX QUE JE RECOMMENCE ?
JE N'AI JAMAIS DIT ÇA, ET JE NE L'AI PAS PENSÉ NON PLUS !!
MAIS OUI, MAIS OUI...
BON, JE VAIS AILLEURS, DANS CE CAS...
SWIP
AH !
BRRR
SMACK
BRR
FFF
AH...
AH...

N'EMPÊCHE, JE SUIS ÉTONNÉ QU'IL SOIT DEVENU SI DOCILE.
AH !
SMACK
BRR
HM !
SSS
AH !
BRR
SMACK
AH !
HM
FFF
BRR
FFF
À FORCE, IL VA DEVENIR INCAPABLE...
DE POUVOIR SATISFAIRE UNE FEMME...
BRR
FFF
AH !
OH
BRR
HM...
AH
FFF
OH !
SQUISH
POUSSE
FFF
SQUISH
WAOUH... ÇA RENTRE TOUT SEUL...

C'EST DE ÇA, QUE TU VOULAIS QUE JE M'OCCUPE, EN FAIT ?
HA.
BRR
HAA...
TU POURRAIS ÊTRE PLUS CLAIR, QUAND MÊME...
SLAP
SLAP
AH !
AH !
SLAP
OH...
HMMHA... !
AH !
FRR
SLAP
CRII
HU !
HM...
SLAP
HA !
AH
BRR

T'AS COMMENCÉ À SENTIR DES CHOSES, DANS CETTE POSITION ?
HA !
SLAP
HA !
SLAP
T'AS L'AIR HABITUÉ, MAINTENANT...
C'EST PLUS PRATIQUE POUR TOUCHER TA PROSTATE.
SLAP
HA !
HUM...
CE N'EST PAS...
HA !
HA !
AH !
OH !
BRR
GNN
AA AH !
OH...
SPLTR
BRR
SPLTR
GNN
HAAA AANNN NNN♡ !
HA...
HAA...
HA
EH BEN... DÉJÀ DEUX FOIS...

CRR
JE ME DEMANDE COMBIEN DE FOIS TU VAS ENCORE JOUIR AVANT MOI...
AH !
N...
POUSSE
AT-TENDS...
QUOI ?
ON... ON PEUT LE FAIRE...
GNF
FACE À FACE.
CE N'EST PAS JUSTE, SI JE SUIS LE SEUL À NE RIEN VOIR.
C'est de la triche...
QUOI ?
T'ABUSES. T'AS QU'À LE DIRE...
SI TU TIENS TANT À VOIR MON VISAGE.
BWA HA HA !
CE N'EST PAS LE CAS !

CRR
BON, BEN...
COMME TU LE...
CRR
AH
HMPH
SOUHAITES ...
AH !
CRR
JE VAIS TE FAIRE JOUIR PENDANT QUE TU ME REGARDES.
SQUISH
BRR
GNNN
BRR
SPLT
OH...
BRR
HAN...
HM.... HAAAAAN !
BRR
BRR
OH !
SQUISH
AH... NON...
GNNN
AAAH !
AH !
QUOI, NON ?
TU VEUX QUE J'ARRÊTE ?
CRR
HAA
HA
CRR
AH !
SLAP
HA !
HN...
OH !
SLAP

CRR
CRR
BRR
CRR
T'ES TELLEMENT SERRÉ...
HA !
CRRR
SHINO...
BU...
DIS...
DIS MON NOM...
HAA
SHINOBU...
BADOM
QU...

GNN
AH !
OOH ?!
AH !
SQUISH
HAA...
JE VAIS...
SQUISH
BRRR
CRR
HA !
AH !
HA !
OH !
CRR
HAA...
HAA...
HA...
HAA...
SHI...NO...
SMACK
HA...
HM...

SLURP
AH
HIKARU...
H...
BRR
BRR
AH !
OH !
DOM
VRR
AH
DOM
VRR
HAAA...
BRR
HA...
HAA...

AAAH...
POUF
バスッ
QU'EST-CE QUI M'A PRIS, D'ACCEPTER DE PRONONCER SON NOM COMME ÇA...
ET AVEC CE TON TOUT MIÈVRE...
FRR
ボスッ
« HIKARU... »
ボスッ
FRR
HAA
GRMF
GRMF
HA...
OH...
JE N'AVAIS JAMAIS REMARQUÉ...
QU'IL AVAIT UN GRAIN DE BEAUTÉ, ICI...
FUFU
FFF
すりっ
HM...

CRR
QU'EST-CE QUI LUI PREND ?
BUH
BUH
IL A SOMMEIL, NON ?
SI TU VEUX DORMIR, COUVRE-TOI, AU MOINS.
HM...
IL A BAISSÉ SA GARDE, AUJOURD'HUI. C'EST BIEN LA PREMIÈRE FOIS...
FRSH
BRR
SI TU RESTES...

AVEC MOI...
TOUTE LA NUIT...
JE N'AURAI...
PAS FROID.
FFFF
MAIS QU'EST-CE QU'IL RACONTE...

IL DIT N'IMPORTE QUOI...
GNN
CRR
Je peux pas prendre un tel risque.
Ma couverture risque de sauter.
FFF
PFF...
HAPPY STRIKE

Dire que je pensais juste le faire pleurer un peu...
わしゃ
FRR
はぁー…
PFFFF...
ET MERDE...

Si tu insistes...

Si tu insistes...

Chapitre 5

SALLE DES FOURNITURES
UN...
DEUX...
TROIS...
FR
QUATRE ...
FRSH
FRSH
QUATRE DOSSIERS A4...
IL RESTE UNE BOÎTE DE PORTE-BLOCS...
2.4...
SCRSH
SCRSH
ET 6 DE...
RESTE ENCORE ÇA...
PUTAIN ! POURQUOI JE ME TAPE L'INVENTAIRE TOUT SEUL ?! C'EST DÉGUEU-LASSE !
Tu n'as rien d'autre à faire, après tout !
GRAAAH

PFFF... JE SUIS CREVÉ... EST-CE QU'IL Y A UNE FIN À CE STOCK ?
POUF
どかっ
FFF
IL FAIT DÉJÀ NOIR, DEHORS...
PFFF...
Reste avec moi...
toute la nuit...

.....
すぅ
すぅ
RONN
Faut que je me calme, moi... !!
すやー
RONN
Et que je me casse avant qu'il s'en rende compte...
Putain !! C'est quoi, cette expression trop adorable ?!
Te laisse pas séduire par Omoteya !!
TAP
TAP
FRR
Shi... nobu...
BRR

Shinobu...
CRR
HM...
Il parle dans son sommeil ?
HMPH...
Avec les liens qu'on a formés, c'est plus qu'une question de temps avant qu'il comprenne...
Et ça va le blesser.
GNN
Après tout, il déteste ce type qu'il voit tous les jours, au boulot, à ma place...

Il faut que j'arrête avant qu'on sombre tous les deux.
HAHAAA !
はっはっ
ON S'EN FOUT !! J'AI MONTRÉ À CE BLANC-BEC DE QUEL BOIS JE ME CHAUFFE !! BIEN FAIT !!
NIN NIN...
T'ES HORRIBLE...
ON EST LOIN DE L'OBJECTIF DE BASE...
OUAIS, LE FAIT MÊME QUE JE VEUILLE QU'ON ÉVITE DE SE BLESSER...
ÇA VEUT PAS DIRE QU'ON EST DÉJÀ DANS L'EAU JUSQU'AU COU ?

あ
AAAAAAAAH !
C'EST INEXTRICABLE...
PFF...
はぁ…
JE VAIS ALLER FUMER...
FINI !
HIKARU ? TOUJOURS PAS RENTRÉ ?
CRR

NON, J'AI UNE URGENCE.
TAP
TAP
T'AS BESOIN D'AIDE ?
NON, C'EST BON, J'AI PRESQUE TERMINÉ. MERCI.
OK ! BEN JE FILE, ALORS. SALUT !
RENTRE BIEN !

Comme d'habitude...
TA TAP
TAP
TAP
TA TAP
mail
To.
Compagnie
CC/BCC
Concernant nos estimations
Compagnie XX
M. XX
▲▲
Merci de votre réponse. Concernant
il était parti à mon réveil.
Mais même ce briquet qu'il fait exprès d'oublier...
Où est-ce que...
Il serait tombé ?
Un autre endroit ?
ない
NULLE PART.
.....

Je suppose que ça veut dire...
qu'il ne veut plus rien avoir à faire avec moi.
Envoyer
CLIC
JE CROIS QUE JE LUI AI DEMANDÉ...
DE RESTER AVEC MOI TOUTE LA NUIT.
PFF...
CRR
C'EST PEUT-ÊTRE POUR ÇA...

Au final, moi...
PLOC
PLIC
je n'étais qu'une conquête de plus parmi tant d'autres.
Après tout, je ne sais rien de lui...
ni son vrai nom ni où il habite... Je n'ai même aucun moyen de le contacter.
Nous ne sommes que des étrangers qui se croisent dans un bar, pour finir la soirée à l'hôtel...
PAC
AH !
CLING
PLISH

CLAC
CLAC
BRR
GLOUPS
SHHHHH
OH !
SHHHHHH
PLASH
PLASH
JE NE M'ATTENDAIS PAS À VOIR QUELQU'UN ICI...
SHHH
SI JE NE NETTOIE PAS ÇA TOUT DE SUITE...
HMPH
PLASH

PLASH
PLASH
FRR
FRR
FFR
JE ME SENS ÉTRANGEMENT TRISTE...
FFF
FFF
JE NE PENSAIS PAS ÊTRE ATTACHÉ À TOI...
SNIF
BRR
DOM
Cette odeur...
BADOM
C'est celle de ses cigarettes...

HM ?
ちら
.....
BWAH !
MAIS... ÇA N'A AUCUN SENS, QUE JE SENTE ÇA ICI...
BVV
ぶるっ
BVV
ぶるっ
ÇA VIENT PEUT-ÊTRE DE CE TYPE...
PFOU !
Hé ! Douce-ment !
HM ?
POF
ぱっ
POF
ぱぱっ
OH, C'EST ÇA, QU'IL CHERCHE ?
Mais... Ces lunettes... Elles sont à...
AHA !

C'EST TES LUNETTES ? LÀ.
FFF
AAH !
BRR
OH !
OUAIS.
MINCE, J'AI FLIPPÉ. JE M'ATTENDAIS PAS À CE QU'IL Y AIT QUELQU'UN.
FFF
MERCI.
FRR

Pfouu ! Ça fait du bien !
Qu'est-ce que...
je viens de...
BAH, MON MOUCHOIR...
はっ OH !
Y a un truc qu'est tombé...
AH !
POC
Non... C'était juste une impression...
すっ FFF
JE TE LE RAMASSE.
OH. MERCI, VRAIMENT.
JE T'EN P...
ドクン BADOM

Ce briquet...
HOP
OH. MERCI, VRAIMENT, C'EST TRÈS GEN...
TIL...
... NOBU.
SHINOBU.
QU...
M...
EUH.

EUH… OH, C'ÉTAIT VOUS, M. OMOTEYA !
MINCE, VOUS SAVEZ COMMENT JE M'APPELLE ? JE SUIS FLATTÉ !
A HA HA HA !
Putain de merde, j'avais pas remarqué qui c'était !!
FR
GRIP
HÉ !
MAIS… !
« Ce serait très drôle que ce soit la même personne ! »
PAC
CE… GRAIN DE BEAUTÉ…

IL FAUT VITE QUE JE M'ÉCLIPSE...
EUH... TOUT VA BIEN ?
SI ÇA NE VOUS DÉRANGE PAS, JE...
BAM
HA !
ALORS...
DEPUIS TOUT CE TEMPS, TU JOUES AVEC MOI ?

TU M'AS LAISSÉ CROIRE QUE VOUS N'ÉTIEZ PAS LA MÊME PERSONNE...
AH ! ÇA A DÛ ÊTRE TELLEMENT DRÔLE, POUR TOI, DE COUCHER AVEC MOI EN SACHANT ÇA !
BAM
H...
TU ES IMMONDE... !
... OUAIS.
OUAIS, JE SUIS IMMONDE, ÇA VA !
ET MOI, TU SAIS CE QUE J'AI PENSÉ, QUAND T'AS DÉBARQUÉ AU BAR ? LA MÊME CHOSE !

J'AI VOULU TE PUNIR UN PEU...
FRR
EN ME DISANT QUE ÇA TE DISSUADERAIT DE REVENIR.
... ET J'AI JOUÉ TON JEU.
Oh.
TU AS JOUÉ...
Je ne suis pas triste. Je me sens pitoyable.
Pour lui, je n'étais qu'un parasite dont il voulait se débarrasser...
TAC
ÇA SUFFIT...
TU M'AS ASSEZ PUNI, JE CROIS.
Pourtant...

JE SUIS UN IMBÉCILE D'AVOIR CRU...
QUE JE COMPTAIS NE SERAIT-CE QU'UN PEU À TES YEUX... !
JE...
BADOM
TAP
カッ
TAP
カッ
ATTENDS.
OMOTEYA.
ATTENDS, JE TE DIS !
GRIP
グッ
LÂCHE-MOI.

ARRÊTE ! ÇA NE TE SUFFIT PAS, DE M'AVOIR JETÉ ?!
NON...
HIKARU.
QUOI, NON ?!
HIKARU !
BRR
HMPH !
SMACK
SMACK
HMM...
PFH...
BRR
HN...
HM !
STAP
HMM...

HA !
HIKARU...
ARR... ÊTE...
ARRÊTE...
S'IL TE PLAÎT...
NE M'APPELLE PAS PAR MON NOM...
TU M'AS ASSEZ PERTURBÉ COMME ÇA...

BAM
QUE TU LE VEUILLES OU NON, JE CONTINUERAI À T'APPELER.
HIKARU.
HIKARU, HIKARU...
EST-CE QUE ÇA TE PERTURBE, LÀ ?
C'EST À MOI DE DIRE ÇA.
JE SAIS PLUS OÙ J'EN SUIS.

QUOI ?
JE PENSAIS JUSTE TE FAIRE PLEURER UN PEU...
PARDON ?!
OUAIS, MAIS EN FAIT, ÇA ME FAIT MAL, DE TE VOIR PLEURER.
TOUT ROUGE
BRR
JE NE PLEURAIS PAS ! PAS DU TOUT !
SECOUE
SECOUE
AU FINAL, T'AS RÉUSSI À ME SÉDUIRE...
TOI AUSSI.

QU...
ドキ
BADOM
ドキ
BADOM
TU... TU DIS ÇA...
POUR TE MOQUER DE MOI, PAS VRAI ?
JE TE JURE QUE NON.
HIKARU.

BRR
SMACK
HM...
HN
HN !
H...
SMACK
SMACK
FU...
SMACK
HN...
HA
AH
HAA
HIKARU. MAINTENANT...
QUELLE TÊTE JE FAIS ?
H...

BADOM
ドキ
BADOM
ドキ
BADOM
ドキ
UNE TÊTE...
QUI DIT QUE TU AS BESOIN QU'ON S'OCCUPE DE TOI.
EXACT.

HAMEHAME PARADISE
2 h - 2 000 ¥
Période creuse - 3 500 ¥
Demi-journée - 4 500 ¥
Nuitée - 6 800 ¥
Période creuse - 3 500 ¥
Demi-journée - 4 500 ¥
Nuitée - 6 800 ¥
TSSS, JE TE JURE !
TU N'AS VRAIMENT AUCUNE CONSIDÉRATION?
HM
SMACK
HM...
HN...
SMACK
HM...
BUHA !
NAN.
HAA
SWIP
J'AI L'AIR ?
EH BIEN, AU MOINS UN PEU ?
FFF
TU N'AVAIS PAS L'AIR GÊNÉ DE VOULOIR FAIRE ÇA DANS LES TOILETTES DE L'ENTREPRISE...
C'est excitant !

AU FAIT, TU N'ENLÈVES PAS TES LUNETTES ?
Ça fait partie de ton déguisement, non ?
HM ? OH.
POC
TIENS.
WAAH !
C'EST TOUT FLOU ! TA VUE EST SI MAUVAISE QUE ÇA ?
PIQUE
PIQUE
JE COMPRENDS MIEUX POURQUOI TU NE M'AS PAS RECONNU, DANS LES TOILETTES...
CLING
QUAND JE VAIS DRAGUER, JE METS DES LENTILLES.
C'EST POUR ÇA QUE LÀ, SI JE M'APPROCHE PAS TRÈÈÈS PRÈS, JE VOIS RIEN.
HOP
ELLE EST OÙ, TA BOUCHE ? LÀ ?
AH, NON. ICI ?
LÀ.
MAIS...
AH !
FRR
BRR
POF
POF

SMACK
BRR
TROUVÉE.
HM...
TU L'AS FAIT EXPRÈS, PAS VRAI ?
HA
QUI SAIT ?
PLAF
AH !
CRR
HA
SMACK
BADOM
AH...
BADOM
AH.
HIKARU.
BRRR
HM ?

HA
HIKARU...
SMACK
HA
HA
AH
AH
HIKARU.
FFF
GN
すり
GN
すり
PINCE
むに
むに
AH !
AH
BRR
POURQUOI EST-CE QUE... TU DIS AUTANT MON NOM... TOUT À COUP...
BRR
AH
SMACK
SMACK
JE T'AI DIT QUE JE CONTINUERAI À T'APPELER, QUE TU LE VEUILLES OU NON.
HAA
FFFF
ET PUIS, LA FAÇON DONT TU Y RÉAGIS...
BRR
T'AIMES BIEN QUE JE PRONONCE TON PRÉNOM, HEIN ?

C'EST...
POUR ÇA QUE...
BRR
FFF
AH
AH
SI TU CONTINUES...
HIKARU...
SLUUUURP
AH !
BRR
BRR
BRR
AAAH !
AH...
SQUISH
SQUISH
OH...
HA...
QU'EST-CE QUI VA SE PASSER, SI JE CONTINUE ?
BRR
HA !
AH...
SQUISH
SQUISH
TU VAS JOUIR ?
BRRRR
AH !
SPLTR

GNN
FU
FU
HA
AH
ET VOILÀ...
BRR
BRR
AH
DIS...
HIKARU...
CRR
AH
HA
HAA
TU... ES VRAIMENT SOURNOIS...
HA
HAA
DOM
TU DEVRAIS LE SAVOIR, DEPUIS LE TEMPS.

MAIS ÇA TE PLAIT, NON ?
AH
AH !
MHA !
HA !
SSSWP
HA !
HA !
BLING
BLING
FU...
HM
AH !
C'EST BON, TOUT EST RENTRÉ.
ÇA VA, HIKARU ?
CKR
HA
AH OH
BRR
BRR
GNGNNNNN
SWP
TU LE SENS ?

AH !
HA !
HA
CRR
QUAND JE PRONONCE SON NOM, IL SE CONTRACTE...
AH
C'EST TROP EXCITANT...
CRR
SHI...
NOBU...
BRR
GNP
HAHA...
TOI AUSSI.
TU RÉAGIS, ON DIRAIT.

BADOM
PF...
GN
TSSS
HMG
JE TE JURE...
SLAP
SLAP
GNN
MERDE ...
HMPHUUUU!
HM !
BRR
HM...
FU...
SMACK
SMACK
HM !
HUUM... HU...
H...
HM...
SLAP
SLAP
MUHA
AH !
CRR
AH !
CRR
OOO OH !
AH !
SLAP

AH
HAA... AH
SHI...
NOBU...
GN
GN
SLAP
SLAP
SQUISH
AAH... AH !
JE...
ALLEZ, VIENS...
HAA...
HA
HAA
HAA
SQUISH
JE...
PEUX...
PLUS...
SQUISH
BADOM
HM
HN
HH
HM
BRR
BRR
BRR
BRR
HN
FU...
HA
HAA
SHINOBU...

FRR
HA !
HMG...
AH
HA
BRRRRR
H...
BRR
AH !
AH ♡
BRR
DOM
DOM
DOM
GNN
SLAP
HA
HA
BRR
HN
HAA
HAA...
BRR
POUF
HN...
BRR
BRR
HA
FFFR
CRII
PFOU...
UNE CLOPE...
TAC
HÉ !

OÙ TU VAS ?
EUH ?
GNIP
JE M'ENFUIS PAS, PROMIS.
.....
JE VAIS JUSTE FUMER...
FRSH
HÉ !
FRSH
LÂCHE-MOI !
PFF...
OK, OK...
JE RESTE AVEC TOI JUSQU'À DEMAIN MATIN.
D'ACCORD.

CLACLAC
ガラガラ
ATTENTION, JE PASSE !
CLACLAC
ガラ
ATTENTION AU CHARIOT, MERCIII !
CLACLAC
ガラ
M. OMOTEYA EST SI BEAU, AUJOURD'HUI ENCORE...
KYAH
きゃっ
LA PERFECTION SOUS TOUS LES ANGLES...
KYAH
きゃっ
BOM
ドン
WAH !
ET VOILÀ, AAH... !
BOM
ドサ
RLAF
ドサ
KYAH !
OH, PARDON !
OH, VOUS INQUIÉTEZ PAS, C'EST RIEN...

VOUS N'ÊTES PAS BLESSÉE, MADEMOISELLE ?
EUH. EUH, NON. ♥
ALLEZ TOUT LE MONDE, ON RETOURNE AU TRAVAIL !
OUIIII !
... JE VAIS VOUS AIDER.
OOH !
MERCI BEAUCOUP !
FFF
VOUS ÊTES BIEN AIMABLE, M. OMOTEYA.
PF-KRFF !

PFUFUFU-FUFU...
HÉ ! ARRÊTE DE RIRE !! TU VAS FAIRE SAUTER MA COUVERTURE !
PSST
PSST
M... MAIS...
PFU FU FU
JE ME RENDS COMPTE QUE TU JOUES CE GENRE DE COMÉDIE TOUS LES JOURS...
TU VEUX BIEN FAIRE COMME SI DE RIEN N'ÉTAIT ? J'AI PAS ENVIE DE ME FAIRE GRILLER...
ET SI ON DÉCOUVRE EN QUOI CONSISTE NOTRE RELATION...
J'OSE PAS IMAGINER LA RÉACTION DE TON FAN CLUB...
JE SAIS, JE SAIS...
PFUFU...
ENFIN, SI JE ME FAIS DÉCOUVRIR, JE RISQUERAIS DE DEVENIR PLUS POPULAIRE QUE TOI, HIKARU. JE SAIS PAS SI ÇA TE PLAIRAIT.
HAHA
PARDON ?!
ET PUIS...

C'EST SEXY, D'AVOIR DES SECRETS, NON ?
にっ
FP
ドキ
BADOM
HM...
AH, T'AS ROUGI, JE T'AI VU !
HÉHÉ
P...
PAS DU TOUT !!

FIN

DAH
HM HM !!
QUI DIABLE ES-TU ?
DAH
UN VISAGE INCONNU ! DIS-NOUS TON NOM, ÉTRANGER !!
Bonus Track
CLING
JE SUIS NIN NIN.

TU MENS !
ARRÊTEZ ÇA. BORDEL.
MONTRE TON VRAI VISAGE, IMPOSTEUR !
ALLONS, ALLONS...
BONSOIR, NIN NIN.
KYAH KYAH
QU'EST-CE QUE TU FICHES HABILLÉ COMME ÇA ?
FRSH
TU VIENS DIRECTEMENT DU BOULOT ?
OUAIS.
EUH...
Ah, c'est notre Nin Nin !
J'y vois rien, rends-moi ça.
WAAAAH
PIQUE
C'EST POUR ÇA QUE JE PASSE, EN FAIT.
CLAC
CLAC
CLAC

.....
JE ME SUIS FAIT GRILLER.
VOUS AUSSI, VOUS ÉTIEZ AU COURANT, HEIN ?
MAIS PAS DU TOUT !
AUCUNE-MENT !
EUUUH... COMMENT DIRE...
HIHI
FIXE
FFF
スッ
TENEZ, C'EST LA MAISON QUI OFFRE.
IL ASSUME !!

BOUDE
DONC, VOUS ÉTIEZ TOUS COMPLICES...
BOUDE
ET JE SUIS LA SEULE VICTIME...
MOI, JE DIRAIS QUE C'EST NIN NIN, LA VICTIME.
PRENEZ PAS MA DÉFENSE MAINTENANT, ALORS QUE VOUS AVEZ PASSÉ VOTRE TEMPS À VOUS FOUTRE DE MOI.
N'EMPÊCHE, JE SUIS SOULAGÉ !
JE M'INQUIÉ-TAIS UN PEU DE COMMENT ÇA POUVAIT TOURNER !
PFOUU
はーっ
TANT QUE VOUS VOUS ÊTES EXPLIQUÉS, TOUT VA BIEN !
DÉSOLÉ DE VOUS AVOIR MÊLÉS À ÇA...
DÉSOLÉ D'AVOIR PARTICIPÉ À CE GENRE DE CACHOTTERIE...
BRR
ピク

EST-CE QU'IL Y A D'AUTRES SECRETS QUE TU PARTAGES AVEC JE NE SAIS QUI ?
HM ?
COMMENT ÇA ?
DIS... EST-CE QUE PAR HASARD, TU SERAIS... JALOUX DU PATRON ET DES JUMEAUX ?
NON.
GRMPH
GRMPH
JE NE VOIS PAS POURQUOI JE SERAIS JALOUX DE ÇA
FRR
T'INQUIÈTE, JE TE DIRAI TOUT, MAINTENANT.

C'EST JUSTE LE FAIT DE LES ENTENDRE EN PARLER SI NATURELLEMENT...
HOP.
CRII
MAIS JE NE SUIS PAS... JALOUX.
FFF
SI TU LE DIS.
FFF
DE MON CÔTÉ, JE SAIS QUE TU RISQUES PAS DE PARTAGER TON SECRET AVEC QUI QUE CE SOIT D'AUTRE.
SMACK
BRR
HN
M...
MON...
SECRET ?
MFU...
HN
HN
SMACK
GN
GN
HA !

SMACK
LE FAIT QUE MES BAISERS...
SLURP
MHA
EXCITÉ
HA !
TE RENDENT SI DOCILE...
AH
EN-CORE...
ET QU'ILS...
AH AH !
BRR
FF
SLURP
AH... HM !
BRR
TE FONT BANDER SI FACILEMENT.
TOP
BRR
AH !
C'EST GÊNANT... QUE TU LE DISES... COMME ÇA...
HA !
BRR
HA !

SLAP
BAM
AH, ET LE FAIT QUE TU ÉPROUVES AUTANT DE PLAISIR À SENTIR MON PÉNIS TE PÉNÉTRER.
BRR
DOM
SLAP
SLAP
AH !
CRR
AH !
AH !
OOH !
HMM...
OH
AHA !
CRR
CRR
CRII
HA
CRII
FRRR
HMFU
HM...
HN !
HMFU...
BRRR
HN...
JE SUIS LE SEUL À CONNAÎTRE CE SECRET-LÀ.

Si tu insistes

Hana COLLECTION

www.boys-loves.fr

Traduit du Japonais par Delphine Desusclade
Maquette : Justine Mouron
Assistante Edition : Maeva Paino
Responsable Editorial & Production : Tony Mr P

Dépot légal : Juillet 2021
ISBN 978-2-38276-072-7
ISSN 2743-4435

Imprimé par GZ Digital Media as

La postface de l'épuisement